LES VOYAGEURS SILENCIEUX

Soon

Une collection dirigée par Denis Guiot

Couverture illustrée par Prince Gigi

ISBN : 978-2-74-852122-1
© 2016 Éditions SYROS, Sejer,
25, avenue Pierre-de-Coubertin, 75013 Paris

LES VOYAGEURS SILENCIEUX

Jeanne-A Debats

CHAPITRE 1

— *lix! Sur ta droite!* me prévient mon père dans l'oreillette intégrée à mon casque de cheval.

Je me dresse sur mes étriers et je tourne la tête. Une sueur glacée dévale mon dos. La leader du troupeau, Kara, une grande femelle Équilim au poil irisé dans toutes les nuances du noir, s'est brusquement écartée et s'emballe. Ses yeux habituellement d'un bel écarlate pur ont viré au pourpre de la panique. Le reste des bêtes, environ quatre cents têtes, la suit : la harde va où la chef le désire. Si Kara s'obstine dans cette direction, c'est la catastrophe assurée. Des champs de maïs s'étendent après les clôtures, et les barrières électrifiées n'arrêteront pas les bêtes affolées ; il ne restera rien de la récolte après leur passage. Nous serions ruinés car nos assurances ne rembourseraient pas les dégâts.

D'une pression des talons, je force Sterling, mon cheval, à s'insinuer dans la marée de dos sombres et luisants de sueur. La pique bien en main, je fends leur flot, me dirigeant vers Kara. L'odeur poivrée des Équilims emplit mes narines. Je colle Sterling contre le flanc de la grande femelle. Le bâton de plastacier, dont l'extrémité est arrondie pour l'instant, cherche le défaut de son épaule. J'aimerais ne pas la blesser, j'ai horreur de faire mal aux animaux. Je veux seulement modifier sa course en l'obligeant à se déporter vers le corral. Je pèse de tout mon poids sur la hampe, forçant lourdement sur le muscle, mais en vain.

Au contraire, Kara accélère, sa corne frontale unique et cristalline obstinément pointée dans la direction interdite. Tous les autres l'imitent. Les sabots de la harde labourent profondément le sol dans un staccato d'enfer. Je me résigne et appuie sur le bouton qui permet à la lame de sortir de l'extrémité de ma pique. L'aiguillon s'enfonce de plusieurs centimètres dans l'épaule tétanisée de la bête. Un liquide d'un rouge vif en jaillit.

Kara gémit à la manière de son espèce : un sifflement suraigu qui semble venir d'une sirène d'incendie. Elle secoue furieusement le poitrail, tentant de se débarrasser de la pointe qui la torture. Je serre les lèvres, maintenant ma prise, désolée pour elle.

Elle redouble de vitesse. Sterling est rapide, mais il a moins d'endurance. Il ne tiendra pas la distance jusqu'à la barrière. Et dès que Kara l'aura défoncée, les ouvriers agricoles qui travaillent dans les champs sortiront leurs armes ; ils l'abattront en premier, puis ses congénères après elle. Je ne peux pas leur en vouloir, elle anéantirait leur outil de travail et ils se retrouveraient au chômage sans doute pour des mois.

– *Alix! Prends le fusil!* ordonne la voix de mon père dans le micro.

C'est l'autre solution. Celle que j'ai refusé d'envisager. Si j'abats Kara, le leadership ira à une autre femelle, sans doute Délia. Ensuite, selon toute probabilité, la harde stoppera pour se réorganiser autour du nouveau chef. Et s'arrêtera tranquillement pour brouter l'herbe rase. Nous n'aurons plus, mes frères et moi, qu'à guider les Équilims vers le corral, où le client qui surveille de loin l'opération pourra les trier à loisir.

La décision est horrible, mais j'en comprends la nécessité : tuer une bête pour en sauver quatre cents. Mes yeux menacent de déborder de larmes. Je cille pour les chasser. Je pose mes rênes nouées devant moi, ne guidant plus Sterling qu'à la pression de mes mollets sur ses flancs ; je sors ma carabine des fontes de selle. J'épaule. Je vise. Mes mains ne tremblent pas. Sterling me berce souplement de son galop ferme. Adoptant son rythme, j'ôte le cran de sécurité, je presse légèrement la détente... puis j'ôte mon doigt du pontet, repoussant la sécurité en place.

Mon père sera furieux, mais ça peut fonctionner. Je range mon arme dans son étui, tout en forçant Sterling à se caler sur le galop de Kara. Le martèlement des sabots envahit ma poitrine. La poussière m'étouffe. Je libère ma botte d'un des étriers et m'assieds en amazone, cramponnée au pommeau de la selle. Je glisse un regard de côté, les muscles de Kara roulent furieusement sous sa peau. Il ne faut pas que je rate mon coup. Si je tombe, les Équilims me piétineront involontairement à mort.

La barrière électrique n'est plus qu'à trois cents mètres. Je prends une grande inspiration, dégage mon autre pied et bondis. Pile sur le dos de Kara. Je serre les cuisses sur cette échine trop large, peu faite pour une cavalière, même aussi grande que moi. Les trépidations manquent de me faire choir. Je m'agrippe comme je peux, saisissant le mufle de Kara et crispant les doigts sur sa corne. La pointe translucide renvoie la lumière dans un éclat étrange qui m'éblouit presque. Je tire dessus de toutes mes forces, contraignant ma monture improvisée à tourner la tête.

À l'âge adulte, un Équilim n'est pas plus gros qu'un poney Fjord. Bien qu'elle accuse environ trois cents kilos, Kara ne parvient pas à résister à ma traction, je suis assez bien placée pour faire levier. Elle gronde, se secoue, se débat, mais je ne lâche pas. Elle est incapable d'utiliser les bras atrophiés munis de pseudomains à trois doigts qui sortent de son poitrail pour se débarrasser de moi. De toute façon, je n'ai jamais vu un Équilim s'en servir pour quoi que ce soit, sauf pour porter les petits au tout début de leur existence. La trajectoire de Kara s'infléchit. Puis elle commence à ralentir, petit galop, trot, pas. Elle s'arrête, enfin. À quelques mètres de la clôture.

Ses congénères l'imitent aussitôt, et tout le troupeau se met à brouter comme s'il ne s'était rien passé. Je me laisse glisser de son dos encore tremblant. Moi-même, je frémis de tous mes membres. Je flatte Kara du plat de la main.

— C'est bien, ma belle, c'est bien.

Ma voix sonne étranglée et haletante à mes propres oreilles. Mais Kara m'offre d'un coup son regard immense, d'un rouge mordoré, plein d'une chaleur qu'aucun regard humain n'égalera jamais et où toute folie a disparu. Elle frotte sa corne contre mes jambes, en signe de soumission. Je souris involontairement. Sauf quand ils s'affolent pour des raisons pas toujours bien claires, les Équilims sont des animaux d'une grande douceur et ils m'apaisent comme seul Sterling, mon étalon, peut y parvenir.

Je siffle ce dernier. Sterling ne répond pas tout de suite. Il renâcle et arbore son air bravache, comme chaque fois que je câline un autre être vivant que lui.

— Gros jaloux ! Ramène ta fraise, tu veux ? le grondé-je gentiment.

Alors il se pointe vers moi au petit trot. Je me hisse en selle avec peine, tous les muscles flageolants. Mes frères, Jason et Jonas, me rejoignent.

— Woaw ! fait Jason.

À moins que ce ne soit Jonas. J'ai du mal à différencier mes jumeaux cadets. Mes parents ont le même problème. Les deux affreux font tout pour cela, notamment s'habiller de façon strictement identique. Mon père répugne à les punir ou à les gronder ensemble lorsqu'*une seule* bêtise a été commise. Moi, je n'hésiterais pas : chacun trempe toujours dans les magouilles de l'autre.

— Papa ne va pas aimer du tout, mais tu as assuré comme un chef, Al' ! continue mon frère non identifié.

L'autre approuve en riant :

— T'as sûrement vachement impressionné le client, en tout cas !

Je grommelle :

— Vous auriez pu venir m'aider, tous les deux, au lieu de vous payer ma tête.

— Oh bah, tu t'en sortais très bien sans nous !

On reprend ensemble le chemin du corral, poussant le troupeau devant nous. Kara calmée guide ses ouailles jusqu'à la clôture, qu'un des employés de mon père referme précipitamment derrière le dernier petit, Todd, le retardataire habituel. Même à la naissance, il était déjà à la traîne, celui-là : j'ai passé une journée et deux nuits entières à le regarder venir au monde.

Papa n'est nulle part en vue, il a dû descendre du mirador, furieux que je lui ai désobéi. Mais il ne se fâcherait jamais devant les clients. Tout doit avoir l'air sous contrôle. Et de fait, du haut des larges palissades de protection qui entourent notre demeure, je surprends le regard de deux observateurs qui ont suivi toute mon équipée : un homme mûr, un certain Decker, acquéreur australien, et un garçon de mon âge, son fils d'environ dix-sept ans. Ce dernier a laissé tomber ses jumelles sur sa poitrine. Le soleil couchant dessine une auréole dorée dans ses cheveux blonds.

Lorsque Jonas – ou Jason –, mort de rire, me vole mon chapeau par jeu, mes cheveux à moi s'éparpillent en longues tresses fines semées de perles, toutes grisées de poussière. La stupéfaction arrondit les prunelles de mon spectateur. Je serre les dents. Personne ne s'attend jamais à ce que je sois une fille.

Jamais.

Mon père le premier, quand je suis née.

CHAPITRE 2

Les Équilims sont arrivés d'on ne sait où. De l'espace, d'une autre planète, mais c'est tout ce que l'on sait. « Équilim », j'ai lu que leur nom est la contraction du mot latin *equus*, qui signifie cheval, et d'un autre plus ancien, tiré de la Bible, *nephilim*, que l'on peut traduire par « ange » ou « démon », ou bien tout simplement « venu du ciel ».

Pour moi, ils ont bien quelque chose des anges, je m'entends mieux avec eux qu'avec quiconque, Sterling mis à part. Mais beaucoup de gens sur Terre penchent vers le côté « démon ». C'est apparemment le cas du garçon qui accompagne le client de Papa. Il fixe les bêtes dans le corral avec une méfiance évidente tandis que je grimpe prestement l'échelle qui permet de passer par-dessus la clôture de protection principale de la ferme. Celle-ci est plus haute, plus large et plus sécurisée que celle des prés, car les troupeaux sont menacés assez fréquemment par des activistes dangereux.

Le jeune homme s'arrache à sa contemplation pour me tendre la main afin de m'aider à escalader la plate-forme. Elle court tout le long de la barrière, comme un chemin de ronde au sommet d'un château fort. Je refuse d'un geste poli pour me hisser seule à ses côtés, malgré le vertige qui me saisit toujours à ce moment-là. Mon père et le sien sont en pleine discussion dans la cour arrière, au pied des palissades. Comme prévu, Papa n'a pas attendu mon retour pour redescendre. Je rentre les épaules. Sa colère va être terrible. Mais je sais que j'ai bien fait, alors je me force à me détendre, prête à assumer les conséquences de mes actes, et me dresse devant le jeune homme.

Les yeux verts de celui-ci s'agrandissent quand il s'aperçoit qu'il est obligé de lever les yeux pour me regarder bien en face. J'ai presque une tête de plus que lui. Mon voisin se rend compte que sa réaction a peut-être été un peu trop visible, il tente de faire la conversation pour noyer le poisson tandis que nous rejoignons nos pères.

– Vous vous en tirez bien avec vos bêtes ! Vous étiez là lorsque les vaisseaux ont amené ces bestiaux ?

Je le contemple avec étonnement, puis je me rappelle qu'il est australien. C'est vrai que les Équilims n'ont pas atterri partout dans le monde. En France, il est arrivé une dizaine de vaisseaux, principalement dans notre région d'Aquitaine. On ne sait pas pourquoi. On ne sait vraiment pas grand-chose d'eux. Même nous, ici dans la ferme, ignorons beaucoup à leur propos. Alors que nous nous en occupons depuis plus de cinq ans, depuis que Papa – qui avait la nostalgie des élevages de son Afrique ancestrale – s'est porté volontaire auprès des autorités européennes.

J'acquiesce poliment :

– Oui, j'ai même vu un troupeau débarquer presque sur la place du village. Ils se sont rués hors de leur vaisseau et ont dévoré les cultures. Ils mouraient de faim. Dieu sait depuis combien de temps ils étaient enfermés dans ces boîtes de conserve.

J'espère avoir gardé un ton très neutre, le sujet de l'arrivée des Équilims est toujours un peu délicat.

– Et les vaisseaux ?

– Quoi, les vaisseaux ?

Il hausse les épaules.

– Ils étaient réellement inutilisables, ensuite ?

Oh, j'ai bien fait d'être prudente : celui-là m'a tout l'air de marcher à fond dans la théorie complotiste à la mode, selon laquelle nos animaux sont la tête de pont d'une terrible invasion extra-terrestre. Les Équilims viennent d'ailleurs, c'est vrai, mais ils n'ont rien envahi de plus crucial que les champs des agriculteurs. Et désormais ce sont d'excellents animaux domestiques dont la corne à la structure cristalline fait le bonheur des industriels. Nous les récoltons lorsqu'elles tombent une fois par an, ça rapporte un argent fou à la ferme. Quand Papa se rend à la Foire internationale de Francfort pour les négocier, il revient toujours chargé de cadeaux de grand prix pour nous tous.

— Oui, dis-je avec un temps de retard. Ils se sont presque démantibulés sous nos yeux. Ils avaient fait un très long voyage et ils étaient au bout du rouleau. (J'ajoute pour faire bon poids :) Tout le monde chez nous exhibe un bout de métal récupéré des carcasses sur sa cheminée, à côté des coquillages des dernières vacances à la mer...

Il semble se rappeler soudain les bonnes manières :

— Je m'appelle Thomas, Thomas Decker. Et vous êtes ?

– Alix.

Je n'ajoute rien d'autre. Le panneau géant *Ferme Équilim Arusha* sur le toit en face de nous renseigne assez sur notre nom de famille, je pense.

– Alors, c'était vraiment un aller simple pour eux ? reprend-il après une pause, pendant laquelle nous avons descendu l'échelle jusqu'à la cour centrale.

J'ai envie de me débarrasser de lui au plus vite. D'abord, je ne suis pas douée pour la conversation ; ensuite, je vais être en retard pour le dîner. Je dois me doucher et passer une fichue robe pour faire honneur à nos visiteurs. Maman me tuerait sinon. La seule partie de ce programme qui me plaise, c'est la douche. Pour le reste, j'aurais préféré rester dans ma chambre. Je soupire en pensant à mon unique robe, justement, un truc qui a l'air d'une tente géante sur moi, alors qu'elle était si gracieuse sur le mannequin de la boutique...

– Il faut croire. Et puis, de toute façon, on a besoin d'un pilote pour repartir, n'est-ce pas ? Or il n'y avait personne à bord, seulement ces animaux avec leurs pauvres bras ridicules…

Je m'interromps et secoue la tête pour évacuer de mon cerveau le mystère récurrent de l'arrivée de Kara et de ses congénères chez nous. Je jette un coup d'œil furtif sur la montre que le dénommé Thomas arbore, essayant de déchiffrer l'heure et d'évaluer mon retard. C'est un bijou plutôt qu'un objet utilitaire. Monstrueuse, dorée, clinquante, elle lui mange littéralement le poignet ; il y a tellement de cadrans que je ne m'y retrouve pas. Je me mords les lèvres pour ne pas sourire ; avec moi, un truc pareil ne tiendrait pas deux jours. Je casse toutes mes montres. Je me sers de mon mobile pour connaître l'heure, quand je pense à le recharger d'abord et à l'emporter ensuite. Comme personne ne m'appelle jamais, sauf Maman… Je me rends compte alors que Thomas attend toujours la fin de ma réponse :

— Oui, c'était un aller simple, dans un vaisseau automatisé. On ne comprendra sans doute jamais pourquoi des extraterrestres ont jugé utile de nous envoyer leurs troupeaux d'herbivores, sans explication. Mais en tout cas, les dingues qui veulent tuer les Équilims un peu partout dans le monde ont tort : ce sont des bêtes adorables, pacifiques et faciles.

— Je n'ai pas eu cette impression tout à l'heure, commente-t-il perfidement.

Je hausse les épaules sans répondre. Pas la peine de lui expliquer que même les animaux terriens connaissent ces crises de panique, surtout les herbivores. Les cinglés paranoïaques qui attaquent les fermes n'ont jamais caressé un Équilim, senti sa douceur, croisé son regard multicolore et tendre, ni vu l'un d'entre eux s'occuper de son petit, le berçant tendrement dans ses bras pitoyables.

— Ils ne sont même pas comestibles ! objecte encore mon interlocuteur.

– Leur estomac est une « usine » chimique d'une grande complexité, ça leur permet de trouver leur nourriture partout chez nous, mais ça les rend impropres à la consommation humaine, dis-je d'un ton sec, révoltée à l'idée de manger Kara.

Ça peut paraître curieux pour les citadins ou les gens qui ne sont pas éleveurs comme nous, mais ma famille et moi aimons réellement nos bêtes. Et pas seulement parce que leurs cornes nous enrichissent au-delà de nos rêves les plus fous, depuis que l'industrie informatique s'est aperçue que la matière cristalline qui les compose pouvait entrer dans la composition de puces révolutionnaires. Non, nous avons de vraies relations avec nos animaux ; il faut qu'ils soient bien vieux et bien malades pour que nous les envoyions à l'abattoir. OK, j'aime bien les canards et les poules, et pourtant j'en mange sans problème, mais ce n'est pas pareil.

Thomas lève les mains en l'air en signe d'apaisement. Je ne peux m'empêcher de lui sourire un peu. Il n'est pas d'accord avec moi, il s'est montré maladroit, mais au moins il est affable. Nous arrivons à la hauteur de nos pères respectifs. Leur conversation paraît beaucoup moins cordiale que la nôtre. Et même, ils semblent au bord d'une vraie dispute.

— J'ai vu la liste que vous avez dressée, ces quarante bêtes feront un bon départ pour votre troupeau, dit mon père en secouant la tête. Je me permets toutefois de vous avertir : vous ne connaissez rien aux Équilims, il va vous falloir quelqu'un pour vous aider à mettre en route votre élevage.

Decker est un grand homme roux, mais pas aussi grand que Papa et moi, sanglé dans un costume de prix et arborant la même montre que son fils en deux fois plus grosse. Il me toise des pieds à la tête avec une désapprobation qu'il ne cherche pas à dissimuler, lui, au contraire de Thomas.

Je la connais bien, cette expression-là, et je tente de repousser la peine qu'elle m'occasionne à chaque fois. Je mesure un mètre quatre-vingt-dix et je n'ai pas fini de grandir, à en juger par mon père qui plafonne à deux mètres dix, en vrai descendant des Massaï qu'il est. Jason et Jonas, eux, ont hérité leur « petit » mètre quatre-vingt-cinq de Maman qui est d'origine bantoue. Si cette différence m'a permis de couper au triste destin de bouc émissaire préféré de mes deux frères cadets, c'est bien le seul avantage qu'elle me procure.

De loin, juchée sur Sterling, un selle français de haute taille, j'ai l'air normale. Mais là, avec mes larges épaules, ma peau d'ébène, et surtout mon menton qui le surplombe, notre visiteur ne déroge pas à la réaction habituelle des gens à mon endroit. Comme si je pouvais faire quelque chose pour être moins « envahissante », et peut-être aussi moins noire, dans un monde qui s'est beaucoup métissé durant les cent dernières années. Je me mords les lèvres. Si j'étais un garçon, tout le monde me trouverait parfaitement proportionnée. Il ne viendrait à l'idée de personne de s'apitoyer sur moi et je ne cesserais d'entendre des conseils pour accéder à la Fédération olympique de basket.

Decker s'ébroue et revient à Papa en fronçant les sourcils :

– Comment cela ? J'ai un grand élevage de bovins, je pense que je vais m'en tirer.

Papa se racle la gorge. Son crâne chauve brille sous la lumière naissante des lampadaires de la cour qui s'allument en douceur tandis que le jour décroît.

– Je comprends bien, mais les Équilims ont une organisation « sociale » assez particulière. Ils fonctionnent en meutes au sein du troupeau. Votre pays n'a pas l'habitude, vous n'avez pas de spécialistes formés pour vous éviter les erreurs que nous avons commises nous-mêmes au début.

– C'est absurde ! tonne l'homme d'affaires. Et votre « spécialiste », il me coûtera combien en plus ? Mais non, je comprends, c'est votre manière de marchander, c'est cela ? Ah, ces... (Là, il hésite et finit par lâcher à contre-cœur :) ... ces Français !

Nous savons tous qu'il pensait à un autre mot, la couleur de notre peau joue rarement en notre faveur dans les négociations. Les gens ont tendance à nous snober ou à se méfier de nous instinctivement. Même Thomas est choqué par l'insinuation de son père, il me jette un coup d'œil d'excuse que je feins d'ignorer, mais qui m'adoucit encore à son égard. Il m'avait fait une impression mitigée, apparemment le père est pire, bien pire, et le garçon s'en rend compte. De son côté, Papa ne se démonte pas, bien que je surprenne une crispation involontaire sur sa mâchoire ferme. Il hausse les épaules.

— J'essaie simplement de vous aider à ne pas gâcher bêtement des animaux de prix.

Il s'avise de notre arrivée à Thomas et moi, puis hoche le menton très sèchement à l'adresse de mes frères qui nous suivaient sans que je m'en sois rendu compte. Je lis dans ses yeux qu'il est furieux, comme je le prévoyais. Mais, par bonheur, ce n'est pas contre moi ; il en veut aux jumeaux car ils auraient dû m'aider. Les deux rétrécissent sous son regard noir et essayent de filer sans demander leur reste. Papa les retient d'un geste, il n'en a pas fini avec eux.

— Bon job, fait-il brièvement à mon endroit.

Je reçois le compliment comme un blason d'honneur. Il m'en fait si rarement. Ça me console presque de la robe à venir. Un sourire que je retiens à grand-peine pétille au bout de mes lèvres. Je surprends le regard de Thomas sur cette furtive scène familiale. Un voile de tristesse traverse son visage, aussitôt chassé, comme un rideau qui se referme sur une chambre obscure. Au même instant, mon père se tourne vers Decker, il reprend la discussion en se forçant visiblement au calme :

— Toutefois, dans un esprit d'entraide entre futurs collègues, je peux déléguer l'un de mes enfants au transport et à l'installation de vos acquisitions. Ainsi, il vous évitera de commettre des erreurs fatales. Comprenez-moi bien, je ne vous facturerai pas sa collaboration, je vous demanderai juste de lui offrir le gîte et le couvert pendant ces quelques semaines.

Decker jauge mes frères du regard : leurs yeux vifs, leurs bouilles amènes et rieuses malgré l'orage qui les menace. L'homme s'y trompe, comme tout le monde. Il se rassérène.

— Pourquoi pas ? dit-il seulement.

Mais mon père le coupe d'un ton sec :

— Ah, mais ce ne sera pas un des jumeaux, ils ont leurs examens le mois prochain. C'est Alix qui ira.

Le silence qui suit cette déclaration péremptoire vaut son poids en cornes d'Équilim. Le regard de Thomas s'illumine aussi brusquement qu'il s'est assombri tout à l'heure. La déconvenue perceptible de son père l'amuse, sans doute.

*

Je ne me souviens pas vraiment du repas qui a suivi ni de l'horreur de porter ma robe. Juste que Decker n'a pu se retenir d'une réflexion à peine polie à propos de la cuisine « trop épicée » de ma mère. Sinon, tout le monde était très bien habillé, très courtois, comme quand on risque de se disputer à tout instant et qu'on cherche à l'éviter. Même mes frères se sont tenus à carreau. De mon côté, j'étais sur un petit nuage et je n'écoutais rien : à moi l'Australie !

CHAPITRE 3

L'avion-cargo est un antique Antonov An-540 entièrement automatisé, comme souvent les transports commerciaux. Les Équilims suscitent beaucoup de convoitise et tout autant de haine. Les envoyer par bateau relève de la folie : les navires sont attaqués en pleine mer. Les Restaurationnistes, comme ils s'appellent entre eux, veulent exterminer les Équilims depuis leur arrivée sur Terre. Ils agissent beaucoup en lobby au niveau des gouvernements, mais certains de leurs membres n'hésitent pas à passer à l'action directe. Je trouve cela aussi révoltant que stupide, aucun Équilim n'a jamais été une menace pour personne. Sauf peut-être pour les rosiers de ma mère.

De toute façon, les bêtes supportent très mal un aussi long voyage. Avec l'Antonov, nous serons à Brisbane en dix-sept heures. J'ai tellement hâte de voir l'Australie... Je me répète toutes ces bonnes raisons comme un mantra, mais je ne peux pas m'empêcher d'avoir l'estomac noué. Je déteste les voyages en avion. J'ai beau savoir que ce sont les transports les plus sûrs au monde, ça ne change rien à ma panique instinctive. Sur terre ou à dos de cheval, je suis capable de toutes les acrobaties imaginables au grand dam de ma mère, mais dès que mes pieds quittent vraiment le sol, c'est une autre histoire.

J'inspire largement pour chasser ma nervosité croissante.

À l'ombre de l'ouverture de la soute, je checke les containers un à un tandis qu'ils défilent pour qu'on les y arrime. Au passage, je caresse une ou deux têtes affolées avant de refermer les grilles. Ma Kara est du voyage. Je suis triste à l'idée de me séparer définitivement d'elle.

Plusieurs ouvriers s'affairent, je surveille qu'ils ne s'approchent pas trop des caisses. Les animaux n'aiment pas les odeurs inconnues, et déjà celle du kérosène omniprésente dans l'aéroport les agace terriblement. Ils grondent dans leurs prisons.

Un grand blond se dirige vers moi. Je reconnais Thomas. Sa montre improbable étincelle à son poignet. Du coup, je pense à mon mobile et grimace. Je l'ai fourré au fond de mon sac, mais j'ai oublié de le recharger, comme d'habitude. Il faudra que j'emprunte le sien pour envoyer un message à mes parents quand on sera arrivés. Mon compagnon de voyage arbore un air renfrogné et observe la situation avec un agacement visible.

— Bonjour, lui dis-je.

— Oh oui, bonjour ! Ça va être une merveilleuse journée dans cette carlingue puante et sans aucun confort, grogne-t-il.

Puis, conscient de son ton désagréable, il m'adresse un regard d'excuse.

— Vous n'étiez pas volontaire ? demandé-je avec politesse tout en listant un autre container.

J'essaie de ne pas lui montrer à quel point il me gêne, car je ne vois pas ce que font les ouvriers, notamment un qui tournicote autour des bêtes d'un peu trop près depuis un moment. Mais il faut être courtoise, je m'apprête à passer un sacré bout de temps dans sa famille et en sa compagnie. Autant que cela se passe à peu près bien.

— Papa tient beaucoup à cette cargaison, tente-t-il de répondre avec une amabilité minimale.

Mais un petit rictus lui a échappé. Le père et le fils ne donnent vraiment pas l'impression de très bien s'entendre. Il ajoute en soupirant :

— Il a encore quelques affaires à régler en France, alors c'est moi qui suis chargé de la corvée... (Nouveau soupir.) Comme d'habitude !

J'acquiesce avec une compassion feinte :

— J'en suis ravie.

Je suis à demi sincère, Thomas ne me déplaît pas, mais je ne sais pas trop comment me comporter avec lui.

— Je ne peux malheureusement pas en dire autant, sourit-il.

Au moins, il a le sens de l'humour. Le dernier container vient d'être hissé. Les employés désertent le tarmac.

— On peut embarquer ? demande Thomas.

J'opine.

— Allons-y, dit-il en se chargeant de mon sac de voyage.

J'hésite. Si je récupère mon bien en affirmant que je peux me coltiner mes bagages toute seule, je vais le vexer. Mais je n'aime pas la « galanterie » ; je suis assez grande et assez forte pour porter mes bagages moi-même, j'aimerais qu'on ne fasse pas semblant de croire le contraire. Comme si c'était honteux pour moi.

De plus, mon sac pèse maximum quatre kilos, je ne suis pas du genre à m'encombrer de choses inutiles. J'inspire lourdement et reprends mon chargement sans un mot. Il lève un sourcil en souriant gentiment.

— Indépendante, hein ?

— Et c'est un défaut ? grommelé-je.

Il secoue la tête :

— Au contraire, mais vous vous vexez facilement, on dirait.

Je préfère ne pas répondre. C'est un client, après tout. De toute façon, j'ai un problème avec les garçons : j'ignore comment leur parler, mes frères mis à part, et seulement pour les enguirlander. Ma trop haute taille fait fuir la plupart d'entre eux. Avouons qu'aux filles non plus je ne sais pas trop quoi dire. Elles partagent rarement ma passion pour l'élevage.

Thomas récupère sa propre valise un peu plus loin et nous gravissons l'échelle qui conduit à l'habitacle de l'Antonov. Je me laisse tomber dans un fauteuil, après avoir assuré mon sac de voyage dans le filet de sécurité. Thomas fait de même un peu plus loin dans la rangée d'en face. Au moins nous aurons de la place, à défaut de confort. Nous nous ceinturons.

Les moteurs grondent furieusement et l'accélération nous plaque contre nos sièges.

– C'est merveilleux, hurle Thomas pour se faire entendre. On sera sourds en débarquant à Brisbane...

On décolle !

– Ça va aller ? braille Thomas à qui, hélas, ma pâleur soudaine n'a pas échappé.

Je préférerais mourir qu'avouer la terreur qui m'envahit. Je lui adresse un regard féroce, me carrant dans mon siège. Il comprend le message, sourit à nouveau gentiment, puis commence un jeu sur son portable.

– Y a même pas de prise pour recharger dans cette charrette ! se plaint-il tout fort.

Je hausse les épaules. Puis je me concentre sur mes angoisses. J'ai l'impression d'être projetée comme une balle en plein ciel, mon estomac se renverse. Je ne vomis pas mais c'est tout juste. Le voyage sera long.

Pourtant, il se déroule aussi bien que possible, si l'on excepte une prise de bec avec mon compagnon au-dessus de l'Atlantique. Il me raconte une histoire de lapins et de renards qui ont envahi l'Australie deux siècles auparavant et qui ont été très difficiles à juguler ensuite, et encore, seulement après que ces animaux ont fait disparaître plusieurs espèces locales. Le parallèle qu'il opère avec les Équilims est évident, je me demande si Decker est au courant de l'hostilité récurrente de son fils envers son projet. Ensuite, je m'endors un long moment.

Je suis réveillée en sursaut par une sirène d'alarme, très brève mais insupportable, qui me rappelle quelque chose. Elle se tait trop tôt pour que je puisse identifier ce son pourtant familier. Elle est aussitôt remplacée par la voix sereine du pilote automatique :

– *Atterrissage imminent. Les passagers sont invités à boucler leurs ceintures !* susurre suavement la voix enregistrée.

– Comment ça « Atterrissage imminent » ?
crie Thomas, stupéfait. On n'a même pas dépassé
l'Amérique du Sud !

– *Les passagers sont invités à boucler leurs
ceintures !* insiste le pilote automatique.

Je jette un coup d'œil par le hublot, obéis-
sant instinctivement. Effectivement, sous le
ventre de l'avion, la forêt s'étend à perte de vue.
Il y a à peine une dizaine d'heures que nous
sommes partis. Nous sommes encore très loin
de Brisbane. De toute terre habitée également.
Pourtant l'avion amorce sa descente droit vers
les frondaisons vertes, je vois les volets de frei-
nage s'ouvrir tout grands. Un bruit énorme
annonce la sortie du train d'atterrissage.
Le pilote reprend imperturbablement :

– *La température au sol est d'environ 31 °C,
vent nul. La compagnie espère que votre
voyage s'est effectué dans les meilleures condi-
tions. À bientôt sur nos lignes !*

– Ça m'étonnerait ! gémit Thomas, aussi
terrorisé que moi.

En dessous, il n'y a pas la moindre piste pour nous accueillir ! Tout au plus, la forêt ne me semble pas très dense. Un vacarme terrifiant ponctue le premier contact avec la cime des arbres. L'avion semble glisser dessus quelques instants, puis s'enfonce entre les branches dans des craquements épouvantables. Un rideau noir passe devant mes yeux. Puis plus rien.

CHAPITRE 4

Je reprends conscience avec l'impression qu'une barre d'acier transperce ma poitrine. Un rayon de soleil brûlant agace mon œil droit. Je suis en sueur. Je dois être malade. Non, c'est seulement qu'il fait très chaud et très humide. Je tente de me redresser, ce n'est pas normal que je sois suspendue la tête en bas. Mes épaules me font mal. Les sangles qui les soutiennent tirent sur mes articulations. Le rayon de soleil foudroyant mis à part, l'obscurité est si dense que mes yeux ne parviennent pas à la percer.

Mes doigts gourds tentent de défaire ce qui me retient : une boucle d'acier, apparemment. Je presse un bouton par hasard. Les courroies se détachent et je tombe sur une surface dure, les genoux en premier. Je gémis de douleur.

— Alix ? murmure une voix sur ma droite.

Mon cerveau peine à la reconnaître. Ah oui, ce doit être... Thomas, oui, il s'appelle Thomas. Je m'assieds en frottant mes genoux. Sous mon crâne, un bon millier de cloches résonnent. J'ai mal partout.

— Réponds, Alix, tu es en vie ? répète Thomas avec anxiété.

— Je suis là, balbutié-je.

L'air est chargé d'odeurs étranges, brûlé, essence et végétation pourrissante. Je me redresse. Je me cogne sur les sièges au-dessus de ma tête. L'Antonov s'est posé à peu près correctement mais s'est retourné comme une crêpe à l'arrivée. Je tâtonne dans la direction supposée de Thomas. Mes doigts se posent sur un tissu déchiré. Son bras ? Ça pend mollement. Je fouille au-dessus jusqu'à rencontrer une masse de cheveux.

— C'est moi, murmure Thomas.

Je palpe encore, me postant sous lui pour
le soutenir en prévision du moment où je vais
dénicher le bouton de sa ceinture. Je le trouve.
L'actionne. Thomas s'affaisse sur moi, je le
retiens pour le laisser glisser doucement à terre.

— Ça va ? Tu es blessé ? dis-je d'une voix
rauque.

J'ai du mal à parler, les mots semblent venir
de très loin, comme si je devais les pêcher au
fond de mon cerveau avant de m'en servir.
Je me suis mise à le tutoyer moi aussi sans m'en
rendre compte.

— Je ne sais pas, répond-il. J'ai très mal,
c'est tout.

J'articule avec peine :

— Il faut sortir de là...

— Oui...

Je lui tends la main, il s'en saisit à tâtons
et se redresse. Il gémit encore lorsqu'il se cogne
à son tour dans l'un des sièges au « plafond ».
Il y a une petite déchirure en face de nous dans

43

la carlingue. C'est elle qui laisse passer le rayon de soleil, mais elle est trop étroite pour nous permettre de sortir.

— Le poste de pilotage, dis-je.

Thomas s'appuie sur mon épaule et, en boitillant tous les deux, tête basse pour éviter le haut des fauteuils, nous avançons dans la bonne direction. La porte de la cabine est faussée. Nous la poussons péniblement.

La lumière soudain éblouissante nous aveugle aussi sûrement que l'obscurité précédente. Cette fois, c'est moi qui geins. Mais Thomas me force à avancer. Le cockpit automatisé n'a plus de pare-brise, il a explosé sous le choc final. Une large branche couverte de feuilles charnues d'un vert agressif traverse la cabine de part en part. Thomas et moi enjambons les restes du tableau de bord. J'avertis mon compagnon :

— Attention à ne pas te couper.

À genoux, déblayant le maximum de morceaux de verre sur notre passage, on franchit le rebord déchiqueté du poste de pilotage. Le sol se trouve à un mètre cinquante, guère plus. Le nez de l'avion renversé nous surplombe, écrasé comme par un coup de poing cyclopéen.

Avec précaution, je me hisse par-dessus le rebord et me laisse glisser en dehors de l'appareil. J'atterris à peu près souplement sur une surface de terre dans laquelle mes pieds s'enfoncent avec un bruit humide. Le remugle de végétation en décomposition devient omniprésent. Thomas me rejoint une seconde plus tard. Mais lui, son contact avec le sol est moins agréable.

– Je me suis foulé la cheville, grogne-t-il. On est où ?

Je fixe le sol meuble dégorgeant d'eau sous mes baskets, puis les arbres immenses qui nous cernent. Ce n'était pas exactement un crash puisque les manœuvres de ralentissement et d'alignement au sol étaient tout à fait correctes, mais l'engin a détruit en se posant tout ce qui se trouvait sur son passage. Des arbres gisent, énormes, avec l'air de simples carottes arrachées dans un jardin. À la fin, ce tapis de souches a déstabilisé l'avion qui s'est retourné, brisé en deux, puis a terminé sa course contre le tronc monstrueux sur lequel s'est aplati le poste de pilotage.

Du coup, l'Antonov a creusé une sacrée clairière. Pas assez large, pourtant, pour nous permettre de voir au-delà d'une cinquantaine de mètres : les troncs sont assez éloignés les uns des autres, mais d'énormes fougères arborescentes masquent la vue à mi-hauteur. De hautes lianes couvertes de fleurs rouges, jaunes ou orangées se lancent à l'assaut des ramées, et la canopée plafonne très haut au-dessus de l'avion. Des centaines d'insectes bourdonnent autour de nous. Certains commencent leur repas direct sur mes bras nus.

– Quelque part au Brésil, sans doute, murmuré-je, consternée.

– L'Amazonie ?

– Oui.

— F..., mais qu'est-ce qui s'est passé ? On n'aurait jamais dû atterrir ici ! Le vol était programmé pour Brisbane. Ces avions sont censés être hyperfiables !

Je secoue la tête et montre la clairière dévastée :

— Ils SONT hyperfiables, on est encore en vie, et tu as vu où on s'est posés, non ? Ce n'est pas vraiment une piste ! Pour le reste, je ne sais pas. On dirait que le pilote automatique a décidé tout seul qu'on était arrivés ! Il y a eu cette alarme bizarre et il nous a ordonné d'attacher nos ceintures.

Il cille.

— Ce n'est pas normal. On est à des milliers de kilomètres de l'Australie, c'est sûr. Comment un ordinateur peut-il commettre une erreur pareille ? (Il ouvre de grands yeux.) Tu crois que c'est un... sabotage ?

J'agite la main pour signifier que je n'en sais rien.

— Je crois que mener l'enquête n'est pas une priorité, pour l'instant.

Je pense avec angoisse à mes Équilims. Je me dirige en hâte vers la queue de l'appareil, un peu plus loin. C'est quand même un petit miracle que nous soyons encore en vie et l'appareil seulement en deux morceaux, alors qu'il s'est posé en pleine forêt tropicale. Je tente de contrôler la panique bouillonnante dans mon estomac. J'ai peur, mon ventre durcit et mes intestins protestent, mais je m'efforce de garder la tête froide. Je suis le sillon d'arbres brisés, comme labourés par une charrue géante. Thomas claudique sur mes talons.

Nous tombons enfin sur les restes de l'autre partie. Elle est presque entière. Les containers ont été éparpillés dans tous les coins lors du choc. Il règne un silence oppressant. Je déglutis avec angoisse tandis que Thomas parvient à ma hauteur. Les Équilims ont-ils survécu ?

À ce moment, un long hurlement ressemblant à une sirène d'incendie nous fait sursauter.

CHAPITRE 5

— Thomas ! Il y a des survivants !

Je prends mon élan vers les containers. La plupart semblent encore en bon état, bien que sacrément cabossés. Thomas m'arrête net.

— Attends, dit-il, tu ne vas pas les lâcher comme ça dans la nature !

Je me retourne vers lui, interloquée :

— Tu préfères qu'on les laisse crever dans leurs caisses ?

Il grogne quelque chose à propos des désastres écologiques provoqués par des espèces importées, comme son histoire de lapins dans l'avion, des heures plus tôt. Mais je ne l'écoute pas vraiment, je cours vers le premier box et j'applique ma main sur la serrure palmaire. Il s'ouvre. Un Équilim en sort, tout titubant. Je continue ma tournée. Thomas ne fait rien pour m'aider. Il reste planté là, les bras croisés. Une à une, les portes se déverrouillent ; les bêtes émergent, tremblantes et affolées. Leurs gémissements s'amplifient, c'est une cacophonie de sirènes. Même moi qui suis habituée à ce cri-là, je grimace. Thomas recule instinctivement. Est-ce que les Équilims ne lui feraient pas peur, tout simplement ? Après tout, très peu de gens sont habitués à la fréquentation des animaux, surtout aussi gros, de nos jours.

— Tu n'as rien à craindre, lui dis-je, ils sont très pacifiques.

Il rit nerveusement.

— Sauf si tu es une fougère, réplique-t-il en désignant les premiers Équilims que j'ai délivrés.

Ils sont en train de s'attaquer au sous-bois avec voracité, fougères et longues herbes, et même aux jeunes arbres. Leur enthousiasme est tel que, dans un éclair, je me demande si leur monde d'origine n'était pas un genre de jungle. À chaque container un peu déformé, je crains de trouver un cadavre, mais non, ils sont tous secoués mais ils vont bien.

Je libère enfin Kara. Dès qu'elle apparaît, les longs gémissements des Équilims s'arrêtent. Elle frotte sa corne contre mon mollet. Je caresse son front avec douceur.

— Ça va aller, ma belle, ça va aller, dis-je tandis que ses yeux immenses et rouge flammé se perdent dans les miens.

Une grande paix m'envahit aussitôt. Je délivre le dernier prisonnier et, comme toujours retardataire, c'est le petit Todd qui jaillit comme un diable de sa boîte puis s'en va gambader avec les siens. Pas une perte. Des larmes de soulagement me montent aux paupières. J'ai du mal à les retenir.

— Tu t'es attachée à des bestiaux de cette espèce ? demande Thomas d'un ton sincèrement surpris.

Kara s'éloigne au petit trot en direction des siens. J'élude avec sécheresse :

— On s'attache à tout ce qu'on nourrit, même à un lézard ou à un poisson rouge, du moment qu'on le fait correctement. C'est dans la programmation de *notre* espèce. Si ça se trouve, quelqu'un s'est même attaché à toi !

Il lève les mains en l'air pour calmer le jeu.

— Pas mon père, en tout cas, plaisante-t-il amèrement.

Puis il ajoute :

— Ne va pas penser que je n'aime pas les animaux. Au contraire. Mais ceux-là sont... particuliers, non ? La Terre n'est pas leur milieu naturel. « On » nous les a forcément envoyés pour une raison...

Je contemple Kara qui est en train de faire le tour de ses congénères, petit coup de museau ici, de langue là, frottement de flancs, bref, les tactiques de réassurance habituelles. Je hausse les épaules :

– Je me fiche d'où ils viennent. Ils ne sont pas tellement différents de nos chevaux ou de nos vaches. C'est peut-être un cadeau qu'« on » nous a fait.

Thomas riposte :

– Ouais, la première idée qui me viendrait à l'esprit si je devais prendre contact avec une autre espèce, ce serait de lui offrir un lot de moutons, tiens !

– Comme on n'est pas des extraterrestres, on ne pense pas pareil, c'est tout. Peut-être que, quelque part dans l'espace, une civilisation étrangère se demande pourquoi on lui a envoyé une image de gens tout nus.

– On a fait ça, nous ? s'étonne Thomas.

– Oui, j'ai lu ça quelque part. C'était au siècle dernier, en 1977, je crois. La sonde *Voyager* a emporté une plaque d'or gravée représentant un homme et une femme déshabillés à côté de la position de la Terre dans le système solaire. (Je grimace.) Et ils sont blancs, évidemment ! Si des visiteurs décident de venir nous voir et qu'ils tombent en Afrique, ils croiront s'être trompés de planète !

Thomas glousse, puis fait un geste presque consolant avant de reprendre :

– Au diable, les E.T. ! Comme tu dis, ce n'est pas une priorité. Qu'est-ce qu'on fait maintenant ?

Je me laisse tomber sur le sol et je secoue la tête.

– Je ne sais pas...

Et tout d'un coup, parce que je n'ai plus rien d'autre pour m'occuper l'esprit, l'ampleur de la catastrophe m'apparaît dans son intégralité. Je sens comme un poing me broyer la poitrine. Mes yeux se remplissent à nouveau de larmes.

– On ne sait même pas où on est !

Je suis au bord de sangloter. Thomas s'assied à mes côtés, ses yeux brillent aussi.

– Résumons-nous, dit-il d'une voix étranglée. On est quelque part dans une forêt, entourés de viande sur pattes qu'on ne peut même pas manger, la première habitation humaine doit se trouver à des centaines de kilomètres et... (il consulte sa stupide montre qui étincelle absurdement au milieu de la clairière dévastée) il est deux heures de l'après-midi.

Je me penche et observe attentivement le bijou. Ah oui, il y a carrément huit fuseaux horaires répertoriés. Dont celui de Rio sur lequel Thomas s'est sans doute calé afin de décider quelle heure il était. Il y a également une boussole et des tas d'autres petits boutons dont j'ignore l'utilité. Mon compagnon fait claquer ses mains sur ses cuisses.

— Bon, ajoute-t-il, le plus urgent serait de déterminer où on est, justement !

Je lui jette un coup d'œil agacé.

— Tu comptes réaliser cet exploit comment ?

Il rit franchement, là :

— Comme ça.

Il fouille dans ses poches et en sort son mobile. Évidemment, je n'y avais pas pensé, le mien se trouvant perdu au fond de mon sac quelque part dans la carcasse de l'Antonov. Thomas appuie sur le bouton, l'appareil s'allume. Toutefois, son expression presque joyeuse s'assombrit aussitôt.

— Pas de réseau. On est tombés loin de tout, cette fois, c'est sûr, souffle-t-il, déçu.

— Tu as encore de la batterie ?

— Plus beaucoup. J'ai joué tout le voyage, avoue-t-il, désolé.

— Attends, dis-je. Le réseau ne fonctionne peut-être pas au niveau du sol, mais là-haut ?

Du doigt, je désigne la canopée qui plafonne à bien quarante mètres au-dessus de nos têtes. Il suit mon doigt du regard, et son expression s'éclaire un peu.

— Tu as raison, essayons ça, dit-il.

Il tente de se relever, mais trébuche aussitôt. Il se rassoit avec une grimace de douleur.

— Je ne vais pas pouvoir grimper, avec ma cheville, avoue-t-il à regret.

Je tends la main pour récupérer le portable. Thomas boîte à mes côtés tandis que je cherche un arbre aux branches plus accessibles que ses voisins. J'en choisis un quinze pas plus loin, vers le nez de l'appareil. Je monte très vite. Un peu trop vite, la tête me tourne, je m'efforce de ne pas regarder en bas. Une fois au sommet, je sors le portable de ma poche après m'être bien calée contre le tronc rassurant. Je crie :

— Il y a un peu de réseau ! J'appelle ton père ? C'est le premier numéro !

— Surtout pas ! fait Thomas d'une voix tendue. Mon père laisse son portable sur messagerie la plupart du temps, et elle est toujours pleine. Il a horreur d'être dérangé. Tu perdrais de la batterie pour rien.

Je ne demande pas comment il est possible qu'un père ne réponde pas en voyant le numéro de son fils s'afficher. Le ton de mon compagnon d'infortune est si froid, si plein d'amertume et même d'une certaine appréhension sous-jacente que je préfère ne pas creuser la question. Je secoue la tête en me mordant la lèvre : n'empêche, avoir peur de déranger son père dans une situation critique comme la nôtre...

– F… ! ajoute-t-il comme pour lui-même. Pour une fois que ce sal… qu'il aurait pu servir à quelque chose dans ma vie !

C'est très chic de jurer en anglais, me dis-je absurdement, avant de me rendre compte que c'est sa langue maternelle. Je tente en vain de me rappeler le numéro de mes parents mais rien ne vient. Voilà ce que c'est de tout confier à des mémoires électroniques : on atterrit n'importe où et on ne se souvient même pas du numéro de ses propres parents.

– Qu'est-ce que je fais, alors ? J'essaie le GPS ?

– Bonne idée !

J'appuie sur l'icône. La carte se déploie brièvement devant moi tandis qu'EarthMap fait le point sur notre position. J'ai le temps d'apercevoir une grande route, des villes, ou plutôt des villages. Quelques noms inconnus en portugais. Puis tout s'éteint. Je rempoche rageusement l'appareil inutile et redescends avec précaution. C'était plus facile en montant, je n'étais pas obligée de regarder le sol. Mon cœur bat à une vitesse folle. Pendant un court instant, je me sens incapable de bouger. Ni vers le haut ni vers le bas.

Dans ma chambre, j'ai le tournis quand je grimpe sur l'escabeau pour attraper quelque chose en haut de l'armoire. Alors là ! C'est peut-être aussi pour cette raison que j'ai peur des avions, terreur qui ne risque pas de s'arranger, vu la situation. Mes frères me taquinent souvent avec ça. Ils disent que je suis trop grande pour me permettre d'avoir le vertige. La pensée de Jason et de Jonas me redonne du courage : s'ils me trouvaient coincée dans cet arbre, je les entendrais se payer ma tête jusqu'à la fin des temps. Je respire un grand coup et je reprends ma descente.

Je touche terre en espérant que je n'ai pas l'air hagard.

— J'ai à peine eu le temps de voir la carte…

— Alors ? s'impatiente Thomas.

Je murmure :

– On est quelque part en plein milieu du Mato Grosso...

Il s'exclame :

– C'est un des États les plus grands du Brésil !

– Et les plus vides. Tout ce que j'ai eu le temps de voir, c'est que la route transamazonienne n'est pas *SI* loin que ça et qu'elle se trouve vers le nord. Mais pour l'atteindre...

Je désigne la forêt d'une densité incroyable d'un air accablé. Je suis sûre que pour faire dix mètres il faut dix minutes. Je me gratte la tête. Il consulte la boussole de sa montre et désigne une vague direction, droit entre les feuilles et les troncs immenses noyés dans de hauts buissons infranchissables.

– C'est par là, le nord.

Bon, je ne dirai plus rien contre cette horrible chose, elle est franchement utile.

– Si on reste là, il y a des chances qu'on nous trouve, non ? dis-je. C'est quand même assez visible d'un satellite, un trou pareil !

Je m'énerve et mes jambes tremblent tout d'un coup. Je m'aperçois que je meurs de faim. L'escalade a dû épuiser toutes mes réserves d'énergie. Je me laisse tomber, la vision brouillée et une vague nausée aux lèvres. Une crise d'hypoglycémie. Merveilleux.

Thomas s'avise de mon état, secoue la tête.

— Il y a sûrement à manger dans l'avion.

Il boite péniblement jusqu'à la partie avant de l'appareil. Je le suis du regard.

Il dégage une grosse branche qui entravait l'ouverture de la porte principale, celle qui conduit au secteur passagers. Comme la poignée est hors de portée, il utilise la branche coupée pour faire tourner le volant qui la verrouille. L'échelle étant hors d'usage, il se hisse dans l'engin à la force du poignet. Une minute plus tard, je reçois deux barres nutritives sur les genoux. Je mords dans l'une d'elles avec une avidité qu'elle ne mérite pas, trop sèche, pas assez sucrée, mais j'ai tellement faim tout à coup.

Des objets atterrissent sur le sol meuble. Thomas ressort de l'épave, chargé comme un âne d'un sac plein d'affaires diverses. Je me lève avec effort pour l'aider. La tête me tourne à nouveau, je suis forcée de me rasseoir. Il me montre ses trouvailles.

— De l'antimoustiques, dit-il en me tendant un tube. Des K-ways parce qu'il risque de pleuvoir. Des... (Il s'interrompt :) Qu'est-ce qu'ils font ?

— Quoi ?

Je suis son regard et je contemple les Équilims avec stupéfaction. Sous la direction de Kara, ils se sont réunis quasiment en triangle et s'enfoncent dans la forêt en la dévorant. Les hauts buissons disparaissent sous leurs dents voraces. De fait, ils dessinent ainsi une allée large pour à peu près quatre personnes qui s'enfonce droit vers le nord, droit vers la Transamazonienne.

CHAPITRE 6

Je me redresse et pars en courant derrière eux. Kara et les siens progressent, mètre par mètre, et leur avancée, bien que relativement lente, est inexorable.

— Alix!

— Quoi? grondé-je sans me retourner.

Je me rends compte que je n'ai plus ni cheval ni pique pour guider le troupeau. Ni corral ni hangar pour les abriter. Thomas me rejoint avec difficulté et pose la main sur mon épaule.

— Tu les as libérés, ils vont aller où ils veulent maintenant. Tu n'y peux rien. D'ailleurs, la situation a l'air de leur plaire, au moins, à eux, dit-il d'un ton qui se veut optimiste.

C'est vrai que le troupeau est parfaitement paisible. Comme si rien n'était arrivé et qu'il fût en train de paître dans les prairies de mon père au printemps, quand l'herbe est particulièrement grasse et charnue.

— Tu as raison, concédé-je péniblement. Et puis, ils nous ouvrent la voie dans la bonne direction, si j'en crois ton... bijou. Vu l'allure à laquelle ils vont, on ne mettra pas trop longtemps à franchir cent kilomètres... À pied, un être humain peut faire entre trente et quarante kilomètres par jour.

Thomas contemple sa cheville avec regret.

— Toi, peut-être, mais pas moi, j'ai trop de mal à marcher.

— Qui te dit qu'on va marcher ?

*

Je ne peux plus mener mes bêtes, Kara ne m'obéit plus. En revanche, comme je le prévoyais, les Équilims se comportent avec moi comme à la ferme, s'écartant sur mon passage ou venant quêter une caresse. J'ai aidé mon compagnon d'infortune à s'installer sur le dos d'un des mâles d'arrière-garde et je suis montée en croupe sur sa voisine, une femelle située moins haut dans la hiérarchie. Au début, Thomas n'était guère convaincu, et même carrément réticent. Mais il s'y est vite habitué. Son appréhension récurrente vis-à-vis des Équilims semble le quitter peu à peu. De temps en temps, je le vois flatter le col de sa monture indifférente du plat de la main.

La touffeur devient insupportable avec l'avancée de la journée. Le ciel, qui était encore dégagé tout à l'heure, s'est couvert de gros nuages bas et lourds qui pèsent comme un couvercle sur une cocotte-minute au bord de l'explosion. Les Équilims n'ont pas l'air d'en souffrir, au contraire. Ils sont vifs et joyeux, je les ai rarement vus ainsi. Ce qui plaide en faveur de mon hypothèse d'une planète d'origine comportant des jungles. Ils avancent en chars d'assaut impavides, mais nous, nous accusons la fatigue et le climat.

Nous avons bourré nos poches de barres nutritives, mis nos K-ways en bandoulière, enfilé des tee-shirts à manches longues et noué des foulards sur nos têtes. Cependant, les insectes s'en donnent tout de même à cœur joie sur les rares endroits de peau découverts. Malgré l'antimoustiques.

Thomas dodeline de la tête sur sa monture. Il est à deux doigts de s'endormir, lorsqu'une averse torrentielle s'abat sur nous. Nous n'avons pas le temps d'enfiler les imperméables, nous sommes douchés en moins de trente secondes. Les gouttes tièdes doivent être plus larges que des assiettes. Les gifles de pluie nous plaquent sur nos montures.

En revanche, sur le cuir doux des Équilims, le liquide dévale sans même déposer une trace humide. Il paraît que leurs poils microscopiques sont disposés de la même manière que les cellules des feuilles de lotus : si étanches qu'ils ne peuvent même pas se mouiller ou se salir. Dans la forêt noyée, les Équilims sont logés à bien meilleure enseigne que nous, en tout cas.

Soudain la cascade s'arrête net, comme si dans le ciel quelqu'un avait fermé des vannes. Ça n'a pas duré dix minutes. Et on en vient presque à le regretter parce qu'une vapeur pesante monte aussitôt de la terre gorgée d'eau. Je suis en nage et j'étouffe de plus en plus.

— Fichu sauna, grommelle Thomas en secouant ses mèches blondes trempées, tandis que les Équilims continuent leur route.

Je remarque une chose curieuse. Un mouvement de réorganisation, imperceptible d'abord, se fait jour au sein de la harde. Un à un, les mâles et les femelles bêta se placent à l'extérieur, concentrant alpha et petits au centre. Nos montures deviennent nerveuses. Je fais signe à Thomas de descendre rapidement de la sienne, en lui en désignant une nouvelle : Gal, la femelle alpha d'un groupe inférieur. De même, je quitte la mienne pour Seif, une autre alpha. J'ai déjà vu cette organisation particulière une fois et je n'aime pas ça.

C'était un jour où des Restaurationnistes enragés avaient franchi les barrières de protection de notre ferme. Le troupeau s'était formé de cette façon. Si bien que, avant que la police n'intervienne, les fous furieux armés n'avaient abattu « que » des bêtes « sans importance » pour la harde, des mâles, toujours en surnombre, des vieux et des femelles bêta, celles qui ne se reproduisent pas mais qui s'occupent des petits et des vieux. Elles se font tuer sur place, mais on ne peut toucher ni aux jeunes ni aux reproductrices.

Nos montures se glissent bien au milieu, parmi les protégés, non loin de Kara qui se place au centre exact du flot de ses congénères. Elle tourne la tête un moment. J'ai presque l'impression qu'elle me regarde.

Tout à coup, les Équilims stoppent leur progression. Net. Comme s'ils avaient buté sur un mur invisible.

— Oh, f… ! fait Thomas.

Je suis son regard et je déglutis.

En face de nous, superbe et menaçant, un énorme félin de la taille d'un tigre, à la fourrure ocellée comme celle d'un léopard. Un jaguar. Le superprédateur de la région. Il doit accuser au bas mot une centaine de kilos, peut-être plus. Il est là, énorme, griffes et crocs découverts. Il feule. Le troupeau immobile ne bronche pas. Sous moi, Seif s'est quasiment pétrifiée, muscles durcis, tendus. L'énorme fauve balance la tête avec une satisfaction visible, comme s'il soupesait, choisissait avec soin sa prochaine victime.

Je suis tétanisée, et Thomas, à côté de moi, est blême. Le jaguar avance d'un pas vers le premier rang des Équilims qui ne bougent toujours pas, si l'on excepte leurs cornes s'inclinant lentement, comme en position de combat. Mais leurs cous ploient avec une certaine nonchalance, on dirait qu'ils le saluent plus qu'ils ne le menacent. Je geins presque.

— Oh Seigneur, ils vont se faire déchiqueter sur place, soufflé-je à mon compagnon.

— On retourne à l'avion, murmure-t-il.

Je secoue la tête. Je suis persuadée que nous n'aurons jamais le temps. Mais j'ai trop peur et je ne supporte pas l'idée de rester là et de regarder le fauve tuer mes Équilims. Le jaguar avance encore d'un pas, les cornes s'inclinent un peu plus. Je le vois se tendre, comme prêt à bondir sur la bête la plus proche, une jeune bêta qui lui fait face, impavide.

Les muscles du fauve se nouent sous la peau magnifique d'un jaune moucheté éclatant d'orchidée. Ni Thomas ni moi ne trouvons la force de mettre notre projet de fuite à exécution. Nous sommes tétanisés. On appelle ça la sidération, je crois. Je parviens à fermer les yeux, je ne veux pas voir le carnage.

— Ah ben ça ! souffle mon compagnon d'un ton si étrange que je rouvre les paupières.

Et nous nous regardons ahuris : le fauve a pivoté et s'enfuit sans demander son reste.

Thomas se retourne avec appréhension, puis me fait face à nouveau, l'air rassuré.

– Quoi ? lui dis-je, encore plus étonnée.

– J'ai cru qu'on avait au moins un tyrannosaure dans le dos pour lui filer une trouille pareille, à ce gros chat, réplique-t-il en essayant de plaisanter malgré sa gorge encore serrée. Je ne comprends pas ce qui s'est passé.

Je cille, incrédule.

– Il a eu peur, c'est sûr, dis-je. Seigneur, c'est comme s'il avait paniqué devant un troupeau de vaches ! Pourtant il était prêt à attaquer... Je ne comprends vraiment pas...

Thomas sourit un peu, il a l'air de se moquer de moi.

– Qu'est-ce qui te fait rire ?

Il hésite, puis se lance :

– Tu ne vas pas apprécier, je crois, mais j'aime bien quand tu n'es pas totalement sûre de toi.

– Tu te fiches de moi ?

Très agacée, j'en oublie ma terreur d'il y a à peine une minute.

— Voilà, je savais que ça ne te plairait pas, réplique-t-il paisiblement.

Je hausse les épaules, furieuse.

— En plus d'être trop grande, je n'ai pas le droit de savoir ce que je fais ou ce que je dis ? Ce serait mieux si je me reposais entièrement sur toi pour tout ? Là, tu me prendrais au sérieux ?

Il lève les mains en signe de paix. On dirait que c'est un de ses gestes favoris.

— Non, ce n'est pas ça, mais jusque-là je ne me suis pas montré très utile de mon côté. C'est toi la spécialiste. Ça me rassure que... (Il désigne les Équilims et s'apprête à continuer son discours, mais s'interrompt tout à coup :) Mais qu'est-ce qui leur prend encore ?

Pendant que nous parlions, le troupeau s'est remis lentement en marche. Dans un premier temps. Mais voici que les bêtes partent au petit trot. Les gros mâles écrasent tout sur leur passage, ouvrant la voie aux autres et à nos montures. Ils se faufilent sans mal entre les troncs, et les buissons ne peuvent pas leur résister. Thomas et moi sommes secoués comme des salades dans un panier. Je manque de tomber à plusieurs reprises, lui aussi. Le martèlement des sabots s'intensifie dans un envol de feuilles et de branches arrachées. Nous nous agrippons désespérément afin de ne pas glisser sous les sabots de la harde. Je ne m'en tire pas trop mal, mes jambes sont assez longues pour enserrer complètement le dos de Seif et je serre les cuisses comme si je montais Sterling à cru. Mais Thomas n'a pas l'habitude de faire du cheval et ses jambes sont plus courtes. Il se retient comme il peut à la corne de Gal qu'il force à garder la tête en arrière. Ce qui ne semble pas ralentir sa monture.

Au bout d'une dizaine de minutes, nous déboulons dans une grande clairière, au milieu d'une fusillade nourrie.

CHAPITRE 7

Au centre de la clairière s'élève une haute palissade de larges troncs mal dégrossis, plantés dans le sol et reliés entre eux par des cordes tressées dans des lianes. On a abattu les arbres pour former la trouée, puis on s'en est servi afin de construire ce qui est apparemment un village fortifié.

Des coups de fusil éclatent à notre droite. L'entrée de l'enceinte est mitraillée par un ennemi invisible. À l'intérieur, nous distinguons mal les assiégés. Je dirais que ce sont des natifs de la région, indiens, à peu près nus et surtout sans armes. Leur principale défense semble être la clôture, infranchissable sans échelle, que leurs agresseurs n'osent pas encore escalader.

À cet instant, nos montures s'agitent sans prévenir. Seif se cabre avec brutalité et me jette au sol. Gal se contente de baisser le col d'un coup, Thomas tombe en basculant devant elle. Les Équilims nous contournent, foncent droit vers les coups de feu, cornes en avant, puis s'arrêtent net, formant un demi-cercle autour des broussailles. Des craquements de branches sortent des buissons, des hurlements résonnent dans une langue étrangère qui doit être du portugais.

Les Équilims entonnent leur gémissement de sirène si particulier. Mais sur une fréquence que je ne les ai jamais entendus utiliser. Mais si, en fait ! Ça me rappelle la sirène d'alarme que j'ai perçue dans l'avion avant qu'il décide apparemment tout seul de se poser. Je n'ai pas le temps de m'interroger plus avant : le son se fait de plus en plus pénible et il ne s'arrête pas aussitôt, cette fois. Je presse en vain mes mains sur mes oreilles. Le volume augmente, dépassant le seuil simplement désagréable, et devient douloureux. Très douloureux.

Thomas m'imite avec un temps de retard et un rictus atroce. Il est blême, hagard, les yeux enfoncés dans ses orbites comme s'ils trouaient son crâne. Je ne dois guère être plus jolie. La sueur qui ruisselle sur mon front n'a plus rien à voir avec la chaleur, je suis glacée.

C'est aigu, perçant, horrible. Cela pourrait être le chant d'une scie sauteuse sur un tableau noir. Mes dents grincent. Mes tympans vibrent et je tremble de tous mes membres, comme si on me rouait de coups. Je me roule en position fœtale. Des larmes emplissent mes yeux. Je ne vois plus rien. Seul compte ce vacarme effroyable qui fouaille mon cerveau et mon ventre. Thomas se traîne et se serre convulsivement contre moi, le nez enfoncé dans mon dos arrondi. Je n'ai même pas la force de l'envoyer paître, pourtant tout contact est une souffrance. Ce chœur affreux m'a dépouillée de ma peau, je suis écorchée vive, TOUT m'est douleur.

Soudain cela s'arrête. Un grand silence tombe sur la clairière. On ne tire plus. Je n'entends plus rien. D'épouvantables acouphènes sifflent dans mes oreilles. À nouveau, des cris en portugais et des bruits de feuilles foulées s'élèvent. Décroissent. Puis c'est encore le silence. Les Équilims se regroupent devant l'entrée du village, sereins, comme s'il ne s'était rien passé. Certains petits commencent même à brouter les jeunes pousses de fougères qui parsèment la clairière hors les murs.

Je me redresse, bousculant Thomas qui roule sur le côté. Un mince filet de sang coule d'une de ses narines et ses yeux sont presque aussi rouges. De petits vaisseaux éclatés parcourent ses globes oculaires. Il s'assied à son tour en gémissant.

— J'ai l'impression qu'une armée de fourmis danse la samba sous mes cheveux, grogne-t-il en se grattant furieusement le crâne.

Effectivement, mes acouphènes se sont transformés en un bourdonnement sourd et continu. Je secoue la tête dans un geste vain pour les en déloger. Thomas se racle la gorge.

– Dans quoi nous ont-ils entraînés, tes bestiaux ?

– On les appelle Équilims, rétorqué-je aussi sèchement que possible.

Je me lève tout à fait et lui tourne le dos. D'un pas rapide mais encore mal assuré, je file vers les broussailles d'où quelques minutes plus tôt partaient les coups de fusil. Je n'ai pas à marcher longtemps, l'affût était à une dizaine de mètres à peine de l'entrée du village. Il reste quelques armes abandonnés, un ou deux lambeaux de vêtements et... trois cadavres.

Je retiens un gémissement d'horreur, reculant brusquement d'un pas. Les morts arborent tous une horrible contraction du visage, comme si avant de mourir une vision insoutenable s'était imposée à eux. De leurs yeux, leurs nez et leurs oreilles coulent de petits ruisseaux de sang noir qui coagulent rapidement et sur lesquels s'agglutinent déjà des nuées d'insectes. La main sur la bouche, je recule encore, pour me heurter à Thomas qui surgit dans mon dos.

– F... ! jure-t-il d'une voix étranglée. Mais qu'est-ce qui leur est arrivé ?

Je me retourne et considère le troupeau toujours stationnaire devant les portes fermées. Je souffle :

– Je crois que ce sont eux. Les Équilims. Ils les ont tués avec leur... cri.

Je ne trouve pas d'autre mot. Thomas me fixe, incrédule.

– Mais... mais... on n'est pas morts, nous !

– Tu n'as pas vu tes yeux et ton nez, et je dois être dans le même état...

Il m'observe attentivement et hoche la tête :

– Tu as le blanc des yeux tout éclaté !

– Eh bien, toi aussi, et mouche-toi, s'il te plaît. On ne devait pas être visés, je suppose que c'est pour ça qu'on est encore en vie... contrairement à eux.

Je suis dans un état étrange. De toute ma vie, je n'avais jamais vu un cadavre, encore moins un cadavre de personne assassinée. C'est bien ce qui est arrivé à ces gens-là, les Équilims les ont tués. Délibérément. Et même, le troupeau les a pris par surprise. Mais s'ils sont capables de tuer ainsi, pourquoi ne les ai-je jamais vus se défendre ? À la ferme, chez nous, par exemple ?

Les hommes couchés devant moi sont maigres, couturés de cicatrices et couverts de haillons. Thomas suit mon regard et se penche sur l'un d'entre eux. Il commence à fouiller les poches d'un gilet déchiré en plusieurs endroits.

— Eh, qu'est-ce que tu fais ? m'exclamé je, scandalisée.

— Je vérifie un truc.

Il me tend un petit sachet de soie jaune sale.

— Je parie que je sais ce que c'est. Ouvre-le, m'ordonne-t-il.

J'ai bien envie de me cabrer et de refuser mais la curiosité est plus forte. Je m'exécute, faisant rouler le contenu de la pochette sur ma paume. Des petits cailloux dorés.

— Mais...

— De l'or, répond Thomas à ma question informulée. Ces types étaient des chercheurs d'or illégaux, des orpailleurs. C'est la plaie de ces pays. Souvent, ils n'hésitent pas à massacrer les tribus qui sont sur leur passage.

Et il désigne le village, devant la clôture duquel les Équilims restent plantés. Soudain les portes s'ouvrent et une dizaine d'hommes et de femmes, quasi nus et couverts de feuilles, sortent en titubant. Ils ont les cheveux coupés au bol, colorés dans des tons éclatants, rouge, jaune et orange. Des plumes d'ara cascadent en colliers autour de leurs cous, retenues par de petites perles dorées, cachant leurs poitrines. Comme nous, leurs yeux sont rougis de sang.

Au milieu d'eux, un homme européen âgé tranche par la couleur claire de sa peau et son aspect malade. Sa chemise bizarre détonne aussi, longue, blanche, semée de petits pois rouges, et c'est tout ce qu'il porte. Ses jambes maigres dépassent du tissu pour se perdre dans de hautes bottines de feuilles.

À cet instant je m'aperçois que je me suis trompée : ce n'est pas un homme mais une vieille femme, ridée comme une pomme.

Je contemple le groupe avec un sentiment profond d'irréalité. Ils ne nous regardent même pas d'ailleurs. Ils se sont arrêtés devant Kara. L'Indien qui marche en tête est un peu plus grand que les autres. Ses cheveux sont enduits d'une argile colorée bleu et rouge. Il est seulement vêtu de lianes tressées de perles et de plumes d'un vert éclatant. Il arbore un air altier et serein. C'est sans doute le chef. Il se penche à la hauteur du mufle de mon alpha préférée, les bras tendus, les mains en coupe. Alors, Kara s'incline, la corne touchant presque les paumes ouvertes. Et à ma profonde stupéfaction, elle élève ses bras d'habitude inutiles pour poser ses pseudomains dans celles du chef.

– J'hallucine ou tes besti... tes Équilims sont en train de saluer quelqu'un ? fait Thomas d'une voix étranglée.

CHAPITRE 8

Je n'ai pas le temps de répondre. Je dois bien en croire le témoignage de mes yeux, mais ça ne fait pas sens dans mon cerveau. Tout ce que j'ai en tête, c'est : « Les chevaux saluent aussi parfois, non ? »

La vieille femme se porte à notre hauteur en boitillant. Elle aussi, ses yeux sont rouges de vaisseaux sanguins éclatés par le cri des Équilims. Elle articule d'abord quelque chose en portugais puis, constatant notre incompréhension, elle passe à un très mauvais anglais. Si mauvais que Thomas n'en saisit pas un traître mot. Mais moi, qui suis si nulle dans la langue de Shakespeare, je comprends tout ce que la vieille femme raconte.

– Merci avoir amené Voyageurs ! Eux sauvé Êtres Humains ! dit-elle chaleureusement.

Les Voyageurs : les Équilims, forcément. Les Êtres Humains : la tribu, évidemment. J'acquiesce. La vieille femme s'incline, pointant son doigt sur sa poitrine :

– Louca, parce que je être dingue. (Elle a un petit sourire malicieux.) Complètement dingo ! Absolument timbrée !

Je réponds poliment, mais encore très ébranlée :

– Alix. (Puis je désigne Thomas :) Thomas.

Elle me rit au nez comme si j'avais fait une plaisanterie très drôle. Elle caresse ma joue légèrement :

– Jamais vu fille si noire ni si grande que toi : très beau.

Puis elle pivote en sautillant et nous plante là pour rejoindre le groupe d'Indiens. Elle se colle contre celui qui semble être le chef. Ce dernier l'enlace en lui tapotant gentiment la tête, comme à une petite fille. Thomas, qui a quand même compris quelques mots, demande :

— Louca ? Ça ne veut pas dire « folle » en espagnol ?

Je ne parle pas cette langue, alors je fais signe que je l'ignore. À l'entrée du village, le chef nous adresse un grand geste de la main.

— Il veut qu'on les rejoigne, dit Thomas.

— Ah ? Moi qui pensais qu'il nous disait de ficher le camp, dis-je aigrement.

Je suis désagréable, je le sais bien. La fameuse Louca m'a mise mal à l'aise avec sa déclaration sur ma peau et ma taille. Je sais que c'était gentil, mais je n'ai vraiment pas l'habitude des compliments.

La tribu tout entière est retournée à l'intérieur des palissades, suivie de Kara et de deux de ses congénères, l'alpha située juste en dessous d'elle et son mâle préféré, un solide Équilim d'au moins quatre cents kilos. Le reste du troupeau s'égaille autour du village, broutant tout ce qui lui tombe sous la dent. Nous demeurons à l'écart quelques instants, indécis, puis Louca vient nous chercher.

— Conseil, fête, repas, avec nous ! ordonne la vieille dame de son ton de gamine dérangée.

— Le programme est alléchant, commente Thomas en lui emboîtant le pas.

Je n'ai pas d'autre choix que de l'imiter, mais je suis réticente ; j'aimerais m'isoler et mettre de l'ordre dans mes pensées. Tout se bouscule dans ma tête, et surtout l'étrange comportement de mes bê... des Équilims.

Je constate que je ne peux plus les appeler « mes bêtes ». Depuis le crash, leur comportement a été si... délibéré. Comme s'ils avaient tout prévu. Je me demande même si ce ne sont pas eux qui ont provoqué l'atterrissage forcé de notre avion. Mais comment ? Avec ce cri étrange qui semble capable de tant de choses ? Tous les animaux ont une conscience, j'en suis persuadée. L'amour de Sterling me l'a prouvé chaque jour de mon adolescence. Mais nous sommes au-delà de ça, ici.

Nous débouchons sur une place au centre de laquelle est creusé un âtre primitif mais orné avec une grande complexité. Les cailloux calcinés sans doute par des années de combustion dessinent une spirale très régulière dont le foyer est le centre.

Des enfants couvrent les flammes trop vives d'un large couvercle de métal découpé. Le feu continue de dispenser sa chaleur mais de façon plus uniforme. C'est une bonne idée car la nuit tombe et, avec elle, une humidité fraîche qui paraît glaciale en comparaison de la journée. Derrière nous, des torches parfumées s'allument, répandant une forte odeur vaguement citronnée. Sans doute un antimoustiques, car le bourdonnement des insectes qui s'intensifiait avec la fin du jour décroît doucement.

Kara ploie ses pattes aux articulations bizarres et s'agenouille à côté du chef. Il lui tend un fruit qu'elle saisit de ses étranges mains à trois doigts avant de le porter à sa bouche. Je surprends un éclat étrange dans ses yeux rouges que je n'ai jamais vus si vifs, si mobiles. C'est peut-être l'effet de mon imagination. Thomas et moi sommes conduits de l'autre côté du foyer. Louca se glisse entre lui et moi, se blottissant contre nous comme pour avoir plus chaud. On nous offre des fruits à nous aussi.

Tous les membres de la tribu sont réunis autour du feu. Les visages surgissent parfois de l'obscurité au hasard d'une flamme échappée du couvercle ajouré.

Quelqu'un se lève, un vieillard chenu aux membres noueux, pour jeter une poignée de feuilles luisantes dans le foyer. Une émanation forte, semblable à celle du camphre, et une fumée huileuse en jaillissent aussitôt. Thomas s'étouffe, moi je tente de retenir ma respiration. Louca me donne un coup de coude violent dans les côtes qui me force à ouvrir la bouche sous le choc. Par réflexe, j'en absorbe une forte bouffée. Ma tête se met aussitôt à tourner.

– Respirer et écouter, fait Louca de sa voix de gamine. Sinon sourde.

Je ne comprends pas ce qu'elle raconte, je veux dormir ou vomir, je ne sais pas. Tout à coup, un son curieux éclate dans ma tête. Comme une voix sans paroles. Elle semble venir de l'Indien qui nous a accueillis, avec ses grandes plumes émeraude, mais il n'a pas ouvert la bouche, sauf pour nous sourire.

— *Je suis Wayra, chef de ce village.*

Je lance un coup d'œil vague à Thomas pour savoir s'il entend la même chose que moi. C'est impossible à dire. Les yeux mi-clos, il fixe le feu d'un regard si vide qu'il en est terrifiant. Je tente de me redresser, mais Louca me retient avec une poigne de fer étonnante pour cette petite main décharnée.

— Pas bouger et écouter, gronde-t-elle, toute enfance et tout sourire disparus de sa voix.

Le chef désigne les étoiles qui étincellent au-dessus de nos têtes, parfois cachées par la fumée poisseuse.

— *Il y a un océan de nuit au-delà du ciel.*

L'espace. Je hoche la tête.

– *Les Voyageurs, ils ont navigué vers nous. Voilà déjà longtemps, ils nous ont appelés depuis la grande eau froide et obscure. Nous les attendions. Merci de les avoir menés ici.*

– Vous parlez avec les Équilims ? déglutis-je.

Wayra secoue le menton, toujours bouche fermée :

– *Non, ils n'ont pas les mêmes mots que nous. Mais nous avons senti leur détresse et leurs appels. Nous avons répondu. Et ils sont venus à nous.*

Un vertige plus grand encore que le précédent me saisit, je me plie en deux tandis que mes yeux se ferment contre mon gré. Et dans l'abîme de mes paupières lourdes danse une image floue. Une jungle noyée d'étranges couleurs, de rivières larges et boueuses. Le soleil est très rouge, il brille, anormal, au-dessus d'arbres singuliers aux branches mouvantes. Les Équilims se précipitent dans toutes les directions avec un hurlement si profond qu'il traverse la forêt, le ciel, peut-être l'univers.

Et soudain, il n'y a plus rien qu'une explosion monstrueuse et des centaines de petits points noirs. Leurs vaisseaux, peut-être ? Certains se dirigent vers une lointaine planète bleue qui a répondu au cri désespéré.

Thomas s'ébroue à côté de moi. Il peine à rouvrir ses yeux rougis. Nous échangeons un regard ahuri. Mais soudain, il se redresse et dit au chef :

– Mais vous n'êtes pas un peu malades ? Vous avez *INVITÉ* ces... ces...

Il ne trouve pas les mots. Louca lui décoche un de ses fameux coups de coude.

– Wayra, pas malade. Lui, bienveillant. Toi peur, c'est tout. Toi préférer vraiment eux morts ? Fermer les yeux et ignorer agonie ? Juste pour pas avoir peur ?

Elle désigne Kara dont les yeux écarlates brillent paisiblement au-dessus des flammes. Avec circonspection, je considère ma chef de troupeau, ne la trouvant pas différente de la veille. Juste un peu plus déterminée, semble-t-il. Elle se remet sur ses quatre pattes et s'en va rejoindre les siens aux abords du village, son mâle et sa femelle alpha sur les talons, comme si désormais la conversation ne l'intéressait plus.

– Moi professeur de philosophie jadis, reprend Louca. Wayra, trouver moi mourante dans forêt. Hommes de l'armée me poursuivaient, voulaient moi morte, après violences... Je suis restée ici. Wayra a *invité* moi aussi. Soldats auraient pu se venger. Mais Wayra m'accueillir. Lui, pas fermer les yeux.

Elle nous sourit de son sourire dérangeant de petite fille. Je frissonne. À côté de moi, Thomas reste muet, il arbore une expression sombre. Louca tire une mèche de ses cheveux blonds avec une ironie pleine d'une certaine tendresse. Il lui rappelle ses anciens étudiants, peut-être. Ou alors c'est leur couleur inhabituelle dans ces régions qui l'amuse.

– Toi, lui dit-elle, toi être jeune. Peur normale, mais laisser gens mourir, inhumain !

Il sursaute.

– Des gens, d'accord ! Mais les Équilims ne sont pas des gens ! On ne peut même pas leur parler !

J'interviens avec douceur car il me fait de la peine, en fait, avec son obstination désespérée.

– Je n'ai pas remarqué qu'on parlait si facilement aux gens non plus. À ton père, par exemple... Tu as peur des Équilims comme tu as peur de lui...

Mon ton est pâteux, j'ai mal articulé. Thomas proteste encore :

– Ce sont des étrangers !

Ses yeux luisent au-dessus du feu. La voix douce de Wayra reprend sous nos crânes :

– *Il y a un autre mot pour étranger : « ami que l'on ne connaît pas encore ». N'es-tu pas un étranger pour nous ?*

Thomas baisse la tête, vaincu, et au bout d'un long silence finit par approuver.

– Bon petit ! fait Louca en souriant largement. Comprendre !

Je lui tapote le genou par-dessus notre encombrante voisine. Il me lance un regard éperdu et articule :

— Qu'allons-nous faire maintenant ?

— *Nous allons vous ramener à la Grande Route qui Crucifie le Monde, rassurez-vous,* fait Wayra dans nos têtes.

— Et mes… et les Équilims ? dis-je.

À cet instant, le vertige m'emporte. Je ne me souviens pas de m'être endormie. Je me souviens seulement de la dernière phrase du chef :

— *Ils sont parvenus à destination.*

ÉPILOGUE

Nous sommes restés une petite semaine auprès de nos hôtes. Wayra ne pouvait pas nous ramener tout de suite à la « civilisation », il attendait le retour de ses hommes partis à la chasse avant de pouvoir abandonner le village pour quelques jours.

Thomas et moi avons passé ces journées partagés entre l'impatience de rentrer chez nous et la fascination de ce que nous découvrions, entre le mode de vie des villageois et le véritable visage des Équilims. Nous découvrant un peu plus l'un l'autre, aussi.

Malgré tout, Thomas est resté souvent un peu à l'écart, roulant des pensées moroses, honteux de lui-même. De mon côté, j'ai passé beaucoup de temps avec Kara. On se comprenait comme avant. Oh, pas au mot à mot, mais pour le plus important, l'affection. Réelle. Qui nous unissait, moi, l'enfant de la Terre, et elle, l'inconnue silencieuse venue du ciel.

Une fois, je lui ai dit :

— Pourquoi vous faites-vous passer pour des animaux ?

Elle a bronché, puis elle m'a entraînée au bord de la rivière qui coule tout près du village. Gosses indiens et Équilims s'y baignaient ensemble dans un grand trou d'eau sombre couvert de fleurs aquatiques. Un vrai tableau de paradis. J'ai acquiescé :

— Oui, ici vous serez bien.

Kara a penché sa corne de côté, ce qui est signe d'approbation. Puis j'ai aperçu une lueur dans son œil, pas assez vite pour me méfier :

elle m'a poussée dans l'eau, une seconde avant de m'y rejoindre.

*

J'ai vu les deux artistes locaux, une vieille femme et un jeune homme aux cheveux teints de boue bleue, fixer avec attention une corne d'Équilim tombée. Leurs yeux brillaient déjà des bijoux qu'ils réaliseraient avec un tel matériau. J'ai vu les enfants du village jouer tranquillement dans un cercle protecteur de femelles bêta. J'ai vu au retour des chasseurs Kara rassembler les siens et ouvrir un passage dans la forêt, tandis que les villageois emportaient tous leurs biens sur leur dos ; ils déménagent car la terre autour du village a donné ce qu'elle pouvait, il est temps de s'en aller construire ailleurs, plus loin, là où les ressources ont eu le temps de se renouveler.

— Et puis comme ça, on ne saura pas où vous êtes ! s'exclame Thomas à l'adresse de Louca.

Elle rit.

— Toi, déjà, pas savoir où tu es exactement.

Il en convient en riant à son tour.

*

Wayra et Louca nous emmènent au bord de la Transamazonienne. Nous leur faisons nos adieux, les regardant disparaître dans cette forêt qu'ailleurs on appelle l'Enfer vert et qui, pour eux, n'est rien moins que l'Éden. Un Éden qu'ils vont partager avec la première espèce extraterrestre jamais rencontrée par l'Humanité. Un instant, je distingue encore vaguement entre les arbres les plumes vertes de Wayra et la chemise de Louca, puis plus rien.

Thomas et moi considérons la route. Une décharge à ciel ouvert en longe les deux côtés à perte de vue. Les camions, les touristes et même les locaux balancent n'importe quoi, n'importe où. À quelques kilomètres apparaît une toute petite ville, cernée par ses propres déchets. Mais avec l'électricité et des voitures. La civilisation, comme on dit.

— Qu'est-ce que tu vas leur raconter ? me demande Thomas.

— Je ne sais pas. Qu'est-ce qu'on devrait leur dire, selon toi ?

Il hausse les épaules en souriant presque :

— Tu ne sais jamais rien, on dirait.

— Ça m'évite de me tromper trop souvent, répliqué-je en souriant à mon tour.

J'aimerais qu'il m'approuve. C'est la première fois que je ressens ce sentiment. Peut-être est-ce ainsi qu'on commence à être amis ? Puis, à propos d'amis, je pense à Kara. Ses yeux rouges sont encore vifs dans ma mémoire.

Thomas fait un grand geste vers la forêt et insiste :

— Pour les Équilims ? Tu leur diras ? Qu'ils sont... ce qu'ils sont ?

— Non, rétorqué-je. Qu'est-ce que je pourrais leur dire ? On n'est sûrs de rien, sauf qu'ils se feraient massacrer si les gens comprenaient qu'ils sont intelligents et capables de tuer avec leur cri. J'en suis certaine, pour le coup. Non, on ne peut rien faire, sauf protéger ceux d'ici par notre silence. C'est l'option qu'ils ont choisie eux-mêmes.

J'ignore aussi ce que je vais dire à mes parents pour leur expliquer que j'abandonne l'élevage. C'est ma seule certitude. Je ne sais pas encore ce que je vais faire de ma vie quand nous serons sortis d'ici.

– Tu as raison, moi j'étais persuadé que ce n'étaient QUE des animaux et je n'en voulais pour rien au monde. (Il inspire.) On dira qu'on ne sait pas ce qu'ils sont devenus après le crash. Ça leur laissera au moins un peu de temps pour s'évanouir dans la nature.

Je plonge à nouveau mon regard dans le sien. En quelques jours, ce garçon m'est devenu proche. Je souris parce que je suis enfin capable d'être amie avec quelqu'un qui ne soit ni un cheval ni un Équilim. Thomas sait reconnaître ses erreurs, c'est une énorme qualité dont je ne suis pas sûre d'être totalement pourvue.

Je me mets en route en direction du village.

— On en a pour combien de temps, tu crois ?

Il regarde sa montre ridicule et fait un geste d'agacement.

— Elle est cassée. J'ai dû la cogner quelque part.

Il l'ôte et s'apprête à la jeter. Je l'arrête en attrapant sa main.

— C'est un cadeau de mon père, proteste-t-il en essayant de se dégager. Un cadeau comme il croit devoir en faire !

Je secoue la tête et souris :

— Tu ne serais pas encore en train de te venger de lui sur quelque chose qui n'y est pour rien ?

Un silence, il finit par rire :

— Touché !

Thomas empoche le bijou inutile.

— Je la donnerai à quelqu'un qui nous aura rendu service sur le chemin du retour. Elle est en or, après tout !

Je hoche la tête et pense brutalement à mon propre père. J'ai souvent regretté sa sécheresse mais je me rends compte que lui au moins, même s'il m'a souvent désapprouvée, m'a laissée être ce que je voulais. Pour Thomas, le combat semble autrement plus rude.

— J'ai lu quelque part, dis-je avec précaution, qu'on est vraiment adulte le jour où on renonce à obtenir la bénédiction de ses parents pour tout.

Il fronce les sourcils :

— Et la bénédiction de ses amis, c'est bien de la désirer ?

Je souris.

— Je ne suis pas spécialiste en amis, c'est le moins qu'on puisse dire, mais c'est ce que j'aimerais moi aussi.

— On pourrait apprendre ensemble ?

Il me prend la main tandis que nous nous mettons en route, et je la lui laisse parce que c'est ce que font les amis.

Enfin, je crois.

L'AUTEUR

Professeur de lettres classiques, romancière, novelliste, correctrice, anthologiste, Jeanne-A Debats aimerait vivre sur Mercure ou sur Vénus, car les journées y sont beaucoup plus longues que sur Terre. Elle aurait ainsi le temps de se consacrer à toutes ses passions... Elle est notamment l'auteur de *La vieille Anglaise et le continent et autres récits* (éditions Folio SF), dont la novella titre obtiendra quatre prix littéraires, d'*ÉdeN en sursis* (collection « Soon », Syros, 2009) et de *La ballade de Trash* (collection « Soon », Syros, 2010), prix Ados Midi-Pyrénées 2012. Elle a, en outre, publié deux romans adultes, *Plaguers* (éditions L'Atalante, 2010), prix Bob Morane 2010, et *Métaphysique du Vampire* (éditions Ad Astra, 2012). En 2013, elle a participé, pour les éditions Mnémos, à l'élaboration d'un roman graphique en collaboration, *Un an dans les airs*, qui relate une année alternative de la vie de Jules Verne. En 2014, elle a signé un nouveau roman dans la collection « Soon » chez Syros, *Pixel noir*.

DU MÊME AUTEUR, AUX ÉDITIONS SYROS

Pour les plus jeunes :

L'Enfant-satellite, coll. « Mini Syros Soon », 2010
  (Prix littéraire de la citoyenneté 2010-2011)

L'Envol du dragon, coll. « Mini Syros Soon », 2011
  (Prix de la ville de Cherbourg-Octeville 2012
  Prix du jury Jeune Lecteur de Montivilliers, catégorie
  CM2/6ᵉ 2012)

Rana et le dauphin, coll. « Mini Syros Soon », 2012
  (Prix de la ville de La Garde 2014)

Pour les plus grands :

ÉdeN en sursis, coll. « Soon », 2009
  (Sélection du ministère de l'Éducation nationale)

La Ballade de Trash, coll. « Soon », 2010
  (Prix Ados Midi-Pyrénées 2012)

Pixel noir, coll. « Soon », 2014
  (Prix Utopiales Européen Jeunesse 2014
  Prix Sésame 2015
  Prix Coup de cœur Jeunesse de la ville d'Asnières 2015
  Prix Bulles et mots 2016)

Mini Syros +, à partir de 10 ans

**Ascenseur
pour le futur**
Nadia Coste

**Le Garçon
qui savait tout**
Loïc Le Borgne

**Un week-end
sans fin**
Claire Gratias

**Les Voyageurs
silencieux**
Jeanne-A Debats

Des ados parfaits
Yves Grevet

Traces
Florence Hinckel

Mini Syros, à partir de 8 ans

**Le Très Grand
Vaisseau**
Ange

L'Enfant-satellite
Jeanne-A Debats
*Prix littéraire de
la citoyenneté 2010-2011*

**Toutes les vies
de Benjamin**
Ange

L'Envol du dragon
Jeanne-A Debats
Prix Cherbourg-Octeville 2012

Loi n° 49-956 du 16 juillet 1949
sur les publications destinées à la jeunesse,
modifiée par la loi n° 2011-525 du 17 mai 2011.

Mise en pages : DV Arts Graphiques à La Rochelle.

N° d'éditeur : 10222896 – Dépôt légal : juin 2016
Achevé d'imprimer en mai 2016
par Clerc (18206, Saint-Amand-Montrond, France)